삶이 그대를 속일지라도

삶이 그대를 속일지라도

If by life you were deceived

알렉산드르 세르게예비치 푸시킨 지음 | 오정석 옮김

더클래식

/
차
례
/

1장 귀족학교 시절(1813~1817)

나탈리아에게   11

내 초상화   19

차르스코예 마을에서의 회상   22

물과 포도주   35

친구들에게 남기는 내 유언장   37

나의 묘비명   44

가을의 아침   45

가수   48

그녀   50

꿈   51

크리프초프에게   52

용서해다오, 정직한 떡갈나무들아!   54

2장 귀족학교 졸업 이후(1817~1820)

아락체예프에 대해   59

꿈꾸는 자에게   60

차다예프에게   62

르네상스   64

도리다   65

루살카   66

도리다에게   71

3장 남러시아 유배 시절(1820~1824)

나는 아쉬워하지 않습니다   75

나는 희망을 견뎌내고   76

십계명   77

뮤즈 여신   79

죄수   80

파도야, 누가 너를 멈추게 했느냐   81

새 한 마리   82

밤   83

바흐치사라이 궁전의 분수대에게   84

포도   86

오! 장미 아가씨, 나는 묶여 있는 몸   87

서적상과 시인과의 대화   88

4장 상트페테르부르크 시절(1825~1837)

태운 편지   109

삶이 그대를 속일지라도   110

겨울바람   111

스텐카 라진의 노래   114

내 고향 땅 푸른 하늘 아래서   120

겨울 길   122

유모에게   125

1827년 10월 19일 126

깊은 시베리아 광산에서 127

평화롭고 슬프고 끝없는 초원에서 129

아리온 130

꾀꼬리와 장미 132

너와 당신 133

미인이여, 내 앞에서 노래하지 마시오 134

꽃 136

그루지아 언덕은 밤안개로 덮이고 138

나는 당신을 사랑했습니다, 사랑은 아마도 139

카즈베크의 수도원 140

차르스코예 마을에서의 회상 141

마돈나 146

집시들 148

머나먼 조국의 바닷가를 향해 150

나 여기 있소, 이네질리아 152

시인에게 154

메아리 156

성스러운 묘비 앞에서 157

미인 160

제발 나를 미치게 만들지 말아주오 162

지금이오, 친구여, 지금이라오! 마음이 평온을 찾을 때가　165

먹구름　166

내 마음이 잊었다고 생각했소　167

그 시절 우리에게 젊음의 축제가 있었으니　168

작품 해설　174

작가 연보　180

| 일러두기 |

이 책은 1962년 모스크바 러시아과학아카데미에서 발간한 《푸시킨 전집 10권》
(А. С. Пушкин, Полное собрание сочинений в десяти томах, Издательство
Академии Наук СССР, Москва, 1962)에서 1~3권의 시 부분을 바탕으로 번역했
습니다.

1장

귀족학교 시절

(1813~1817)

나탈리아에게

이 말하기가 왜 이렇게 어려운 거지?
(Pourquoi craindrais-je de le dire)
마르고가 내 취향에 딱 맞는다는 걸
*(C'est Margot qui fixe mon gout)**

내가 보기엔 말이지,
큐피드라는 새가
가슴 벅차게 매혹적으로 날아오르는 것 같아
행복한 시간을 가로질러
내가 사랑에 빠진 걸까
아니, 사랑은 시간이라는 말을 아예 몰랐던 것처럼
극장에서 공연을 하는 것처럼, 산책하는 것처럼, 무도회장에
서처럼
나는 그렇게 살고 노래하고 있어
기분 좋은 서풍이 불어오는데

지독한 사랑의 여신 아무르가 웃는 것처럼
나는 사랑스럽기만 한 여성에 대해서
풍자를 하고 있단다
헛웃음만 나오다가
결국에는 걸려드는 거지
내 자신이, 아하! 미칠 것만 같아
웃음과 자유─이건 모두 벤치 아래에나 있는 거야
카토* 공부는 이제 끝났고
나는 이제 멋쟁이 남자다!
가장 예쁘고 귀여운 너, 나탈리아야,
매력적인 나탈리아 네 모습만 보여
내 마음속에 벌써 큐피드가 왔나 봐!

그래, 나탈리아! 알겠니,

난 네게 사랑에 빠졌어
처음으로 부끄럽다는 생각도 들지만
난 네 여성적 매력을 사랑하게 됐어
허영심에 가득 차 있어도
하루 종일 난 너만을 생각해
밤이 오면 나는 허무한 꿈속에서 너를 보고 있어
편한 실내복을 입고 내게 웃으며
수줍고도 달콤한 숨결을 내뿜으며
저 흰 눈처럼 새하얀 가슴으로 전율하며
반쯤 뜬 깊은 눈으로
이다지도 어둡고 조용한 밤을
나에게 가져다주었지
나는 오두막에 그녀와 함께 있었어
그곳에서 순결한 릴리 꽃을 보았네

귀먹은 것처럼 가슴 떨리는 열망의 소리만이 있는데
나는 잠이 들었네, 어둠을 보았네
깊은 한숨을 내쉬니
꿈은 저 멀리 아, 날개를 달고 저 멀리 날아가버렸네
열정은 더 강해졌지만 사랑은 싫증 났고
나는 이제 겁쟁이가 되어버렸어
뭔가가 필요해, 아무거나 해야 돼
도대체 왜? 아무도 여자에게는
이렇게 큰소리치지 않을 거야
이러쿵저러쿵 허풍 떠는 것뿐이지
나도 결국에는 그러겠지만!

사랑하는 사람들은 뭔가 하나쯤은 서로
몰랐으면 하는 게 있지

그게 그들의 성질이야—감탄스럽네!
헐렁헐렁한 옷을 추려 입고
삐뚜름한 모자를 쓰면서도
성자와 같은 삶을 살고 싶다고 하지
해가 지고 밤이 되길 기다리면서
꽃 한 송이 손에 꼭 쥐고서
그녀는 내 것이라고,
그녀는 내 것이라고 소리치지
사랑스러운 시선을 보여주고
순결한 장미 한 송이 되어서
작고 가벼운 내 꿈에 운명을 맡겨두네
외투를 걸치고 가발을 둘러쓰고
활활 타오르는 이 손을 움켜쥐고
새하얗고도 그득한 가슴을 치네

그랬었지, 나는 나의 두 발로는
저 바다를 건널 수 없을 거야
그러나 깊은 사랑에 빠진다 해도
너와 헤어지게 된다면
모든 희망을 잃게 되는 거야

그렇지만 나탈리아야, 너 말이야,
네 곁에 가장 멋있는 남자가 누군지 아니?
왜 그는 밝게 웃지도 않을까? 나탈리아야!
아직 내 말 좀 더 들어봐

나는 궁전 같은 곳에서 사는 것도 아니고
흑인도 아니고 터키인도 아니야
예의 바른 중국인도 아니고

우울한 미국인도 아니거든
큰 머리에 모자를 쓰고
진흙 컵에 맥주를 채워서
입가에 담배를 꼬나물고 있는
독일인이라고 생각하지 말아줘
칼을 차고 긴 투구를 쓴
근위대 병사도 아니야
장검을 들고 칼과 도끼를 휘두르고
그딴 전쟁 같은 소리는 나도 싫어
아담의 원죄를 위해서라도
내 손에 짐을 더 올려놓지 말아줘

근데 도대체 넌 누구니, 사랑에 빠진 마법사?
영원한 침묵과 어둠만이 있는

저렇게 둘러싸인 벽을 봐봐

저 틈으로 창문이 보이니

램프 불빛도 새어 나오고 있잖아

아, 알겠다, 나탈리아! 나는…… 수도승이야!

(1813)

---

* 이 말 하기가~맞는다는 걸 : 프랑스 소설가 피에르 쇼데를로 드 라클로의
1774년 작품인 〈마르고에게 보내는 편지〉에서 인용한 부분이다. 프랑스 궁정
에서 총애를 받던 마담 뒤바리를 풍자하는 내용이라고 한다.

* 카토 : 고대 로마의 정치가이다. 푸시킨은 이 시를 쓸 무렵 고대 로마 정치
인 카토에 대한 수업을 받고 있었던 것 같다.

내 초상화*

자연스럽게 그려진
내 초상화를 원하신다고요
시인이 잘 그려서 당신께 드릴 겁니다
아직은 작은 삽화에 불과하거든요

어린 장난꾸러기, 개구쟁이지만
수업은 받으러 학교에 갑니다
당신께는 능글맞거나 찌푸림 없이
똑똑하게 바로 말씀드립니다

지금까지 나만큼 자신을 사랑한
수다쟁이는 이 세상에 없었을 겁니다
소르본 대학 교수들이
지루해하며 고함칠 정도니까요

내 키는 상급생만큼 컸는데
이런! 비교가 되는가 말이죠
나는 금발에 얼굴빛도 밝고
머리는 곱슬머리거든요

세상에 있는 열정을 좋아합니다
혼자라면 ─ 우수에 젖고 싶어요
반대 토론과 논쟁은
수업 중에 가볍게 한답니다

공연과 무도회를 좋아합니다
또 무엇을 사랑하는지는
더 이상 말씀드릴 수 없네요
학교에서 쫓아낼지도 몰라요

내 사랑하는 친구인 당신은 지금
나를 편하게 알아갈 겁니다
그래요. 신이 창조하신 모든 것처럼
항상 빛을 발하고 싶어요

마치 진짜 악마 같으면서도
귀여운 원숭이 모습도 하죠
복도를 따라 바퀴를 굴려봅니다
이게 바로 사샤* 푸시킨이지

(1814)

_____

* 내 초상화 : 푸시킨 사후에 발표된 이 시는 귀족학교 시절 초기 작품 중의
하나 인데, 시 전체가 프랑스어로 쓰여 있다.
* 사샤 : 푸시킨의 이름인 알렉산드르의 애칭이다.

차르스코예 마을에서의 회상

저 멀리 숲이 회색빛 안개에 물들고
고요한 적막이 골짜기 숲에 내려앉을 때
음침한 밤이 하늘을 향해
어두운 장막을 펼쳐놓는다
참나무 그늘 사이로 시냇물 흐르는 소리가 아련하게 들려오고
나뭇잎 위에 잠든 산들바람이 숨을 내쉰다
어여쁜 백조와 같은 말없는 달빛이
은빛 구름 속을 떠다닌다

구릉을 따라 폭포수가
유리처럼 반짝이며 떨어지고
저기 고요한 호숫가에서 요정들이
잔물결을 일으키며 물장구친다
저쪽에는 말없는 커다란 궁전들이

구름까지 닿을 듯 솟구쳐 있다
대지의 신들이 평화로운 시절을 보낸 곳이 이곳 아니던가?
러시아의 미네르바 사원이 이곳 아니던가?

러시아의 강한 독수리가 사자를 무찌르고
평화롭게 안식을 취하고 있는
아름다운 차르스코예 마을
북녘의 낙원이 바로 이곳 아니던가?
행복한 러시아가 영광스러운 관을 쓰고
고요함 속에서 꽃을 피우며
위대한 여인의 치세하에 누리던
황금기는 이제 지나가버렸구나!
여기서는 걸음걸음마다
지난 추억들이 되살아나고

주위에 한 러시아인이 두리번거리며 한탄한다
"모두 다 사라진 거야, 위대함은 이제 없는 거야!"
그는 말없이 사색에 잠긴 채
무성한 풀잎이 휘날리는 강가에 앉아서 바람 소리를 듣는다
지나간 세월이 눈앞에 어른거리고
영혼은 고요함 속으로 빨려 들어간다

그는 소용돌이치는 물결 가운데에서
이끼 끼어 있는 단단한 바위로
동상 하나 솟아오르고 날개를 활짝 펼친 채
앉아 있는 어린 독수리를 바라본다
무거운 쇠사슬과 천둥 같은 화살이
기둥을 세 번 휘감아 돌아서
회색빛 물결로 요동치다가

반짝이는 거품 속으로 사라져버린다

소나무 숲속 어두운 그늘 속에
작은 동상 하나가 솟아오르고 있어
카굴* 강변은 이다지도 수모를 겪어야 했지만
위대한 조국에는 큰 영광이 되었구나!
전쟁의 화염 속에 성장한
불멸의 러시아 거인들이여,
영원한 생명을 얻게 되리라!
예카테리나 여제의 친구들인 당신들의 이야기는
자자손손 길이 이어질 것이다

오, 출정의 나팔 소리가 울리던 시절이여
러시아의 힘을 목격한 자들이여!

너는 보았구나, 무서운 슬라브인의 후예들인
오를로프, 루만체프 그리고 수보로프가
어떻게 제우스의 번개로 승리했는지를
세상이 그들의 용맹에 깜짝 놀라서 두려워하는 것을
제르자빈과 페드로프가 리라를 우레와 같이 연주하듯
영웅들의 이야기를 노래하는 것을

잊을 수 없는 순간이여, 너도 가버렸구나!
새로운 시대가 나타났고
새로운 전쟁과 전투의 공포가 도래했으니
고통은 진정 인간의 운명인 것인가
간계와 파렴치로 왕이 된 황제*의
광폭한 손에는 피 묻은 검이 싸늘하게 번득이고
이 세상에 천벌이 내리듯 무서운 전쟁의

여명이 활활 타올랐다

적들은 급류처럼
러시아의 대지로 밀고 들어와서
곤히 잠든 음산한 초원을 노려보는데
평온한 마을과 안개 같은 도시들이 불타오르고
땅에는 핏빛 안개가 끼어 있으며
하늘은 붉게 물들었다
숲은 피난민들을 숨겨주었고
쓸 수 없는 쟁기가 들판에서 녹슬고 있었다

거침없이 쳐들어오는 적들은
모든 것을 파괴하고 모든 것을 잿더미로 만들었다
벨로나의 죽은 자식들의 창백한 그림자가

보이지 않는 형태를 갖추어
끝없이 어두운 무덤 속으로 들어가거나
적막한 밤 숲속을 떠다니고 있다
이때 함성이 울려 퍼진다! 저 멀리 안개를 뚫고
칼과 갑옷 소리가 들린다!

이민족들의 군대들아 두렵지 않느냐!
러시아의 아들들이 나타났도다
젊은이든 늙은이든 모두 분노하며 일어섰구나
그대들의 마음에는 온통 복수심뿐이구나
폭군이 떨고 있느냐! 멸망의 시간이 다가왔다!
모든 병사가 마치 장군과 같이 임하고 있다
그들의 목표는 오직 승리뿐,
위대한 러시아 민족과 성스러운 종교를 위해

전쟁의 먼지로 승화되리

준마는 전의에 가득 차고
골짜기마다 병사들로 가득하다
복수를 위해 숨을 몰아쉬며 앞으로 나아갈 때
그들의 가슴은 환희로 가득하구나
장검의 먹이를 찾아 무서운 연회장으로 날아간다
그리고 전쟁이 시작되었다, 언덕마다 뇌성이 울려 퍼진다
자욱한 연기 속에서 칼과 화살이 소리치고 있다
피가 방패로 적셔든다

이겼다! 러시아가 승리하였다!
오만한 프랑스인들이 도망간다
하지만 하늘의 심판관은 전쟁터의 영웅에게

마지막 빛나는 왕관을 씌워주었고
백발의 장군이 적군을 섬멸한 곳은 이곳이 아니었다
보로디노*의 피비린내 나는 들판아!
적들의 오만함을 막아내지 못했구나!
애석하다! 크렘린 성곽에 프랑스인들이 있구나!

아름다운 모스크바여, 나의 조국이여
지금 너는 어디에 있느냐?
너무나도 아름답던 내 조국이여
지금은 폐허만이 남아 있구나
모스크바여, 너의 비참한 모습에 러시아인들은 분노한다!
황제와 귀족들의 궁전은 사라지고
화염이 모든 것을 태워버려 첨탑의 장식도 사라지고
부호들의 당당함도 쓰러졌구나

가장 화려했던 이곳
나무 그늘 아래 시원하던 정원과
도금양나무 향이 넘치고 보리수 이파리가 휘날리던 이곳
이제는 검게 타버린 잿더미와 먼지만 남아
조용한 밤 아름답던 여름밤에도
즐거운 향연의 소리는 안 들리는데
강가 불빛에 반짝이던 수풀도 고개를 숙이고 만다
모든 것이 죽고 모든 것이 침묵하고 있다

기뻐하라, 러시아 도시들의 어머니여
침입자들의 파멸을 지켜보라
창조자가 복수심 가득한 오른손을 들어
그들의 거만한 목덜미에 내려놓았으니
보이는가, 뒤도 돌아보지 못하고 달아나는 적군이

그들의 피는 강물이 되어 눈 덮인 대지에 흐르고
어두운 밤 그들을 기다리는 것은 허기와 죽음뿐
뒤에서는 러시아의 칼이 그들을 뒤따른다

아, 유럽의 강력한 민족 앞에서
벌벌 떨고 있는 자들아
사악한 프랑스인들아, 너희들도 무덤 속으로 떨어졌구나
공포스럽다! 무서운 시대여!
사랑스러운 아들들과 벨로나의 행운은 어디에 있는가?
옳음과 믿음, 법을 무시하고
칼로 왕좌를 뒤집으려 꿈꿨던 교만한 자여
아침의 악몽이 되어서 사라졌구나!

파리의 러시아인들이여! 복수의 횃불을 들었는가?

프랑스인들은 고개를 숙여라
내가 무엇을 보고 있는가? 저 먼 곳에서는
아직 전쟁의 굉음이 요란하고
모스크바는 아직 북방의 안개가 자욱한데
평화의 미소를 짓는 러시아인이
황금빛 올리브 나뭇가지를 가져와
적에게 파멸이 아닌 구원을
이 땅에 참된 평화를 가져왔구나

아, 러시아 영혼의 시인이여
위풍당당한 전투를 노래했는가
사람들 사이에 우뚝 서서 타는 영혼으로
황금의 하프 소리를 들려다오!
그러면 다시 영웅을 찬미하는 목소리 흘러나오고

떨리는 하프 현이 가슴에 불을 붙여

전쟁 시인의 소리에

젊은 병사의 가슴은 전율에 차서 끓어오르리라

(1814)

물과 포도주

나는 반나절 동안 맑은 개울가에서
시원함을 퍼내는 일을 좋아한다
숲은 조용하고 저 멀리 보이는
강가의 물길은 유유히 흐르고 있다
저 건너편에서 포도주가 이리로 오고 있으면
무엇보다 자주 휘저어야 한다
친구들아, 말해다오, 누가 안 울고 있는지를
이미 즐거움이 한가득인 것을

그래 이제는 과감하게 살 때가 되었지
누가 먼저 손을 더럽힐 것인가
비겁하고 난폭함은 우리를 현혹시키지
아, 정말 지독하다! 포도주를 물과 바꾸어버렸네!
그래 이제부터는 악당이 되어서 살 테다!

마실 힘조차 없게끔 내버려둬
아니면 술잔을 이리 건네주렴
이 포도주와 저 포도주를 구분할 수 있도록!

(1815)

친구들에게 남기는 내 유언장

나는 내일 죽고 싶다
마법 같은 신비 가득한 세계로
고요한 망각의 강변으로
즐거운 그림자 되어 날아가겠다…
삶의 기쁨이여, 사랑이여
그리고 황홀함이여, 영원하라!
내 친구들아, 이리 가까이 와서
존경심과 관심을 보여 다오
너희들의 가수는 이제 죽기로 결심했다만
그런데 저녁달이 떠오르면
새하얀 무늬 옷감을 가져다가
정원 잔디 좀 덮어줄 수 있겠니?
우리가 담소를 나누던
꿈 같은 강가의 어두컴컴한 기슭으로

술잔을 가득 채워 들고
다들 모여줄 수 있겠니?
마지막 연회에 초대해다오
저 건방진 세멜레의 아들*을
우리 리라의 친구 에로스를
신들과 죽은 권력자들을
즐거움은 가까이
방울 흔들며 달려와서
거품 가득한 술잔 치켜든 우리를
진심으로 웃게 만들어주리라
우리의 친절한 뮤즈들도
익살맞게 무리 지어 올 터인데
친구들이여! 뮤즈들과는 신성한 관계이니
첫 잔은 그들에게 건네주게나

이른 아침 샛별이 뜰 때까지
고요한 여명의 빛이 있을 때까지
시인의 손에서 혈연보다 더 가까운
술잔은 떠나지 않을 것이다
환희 가득한 이 가슴에
꿈처럼 달콤한 여가수 같은
내 피리를 마지막으로 꼭 안으리라
피로에 지친 나 이제 마지막으로
영원함도 친구들도 다 지우려 한다
눈처럼 차가운 이 가슴 마지막으로
젊은 날의 그 기쁨에 취해볼까나!

동쪽하늘 금빛으로 물들고
어둠 속에 서서히 노을이 퍼져가며

새하얀 백양나무 사이로

아침 이슬이 맺힐 때

나에게 아나크레온*의 포도송이를 건네다오

그는 나의 스승이셨기에

나 역시 그의 뒤를 따라서

슬픈 아헤론 강가로 가리라

잘 있거라, 사랑하는 친구들이여

손을 내밀어다오, 이젠 안녕!

부디, 부디 약속해다오

내가 이 세상 영원히 떠난 후에

내 유언 지켜주겠노라고

바커스와 테미라* 찬가를 불렀던

나의 사랑하는 가수들이여, 이리 오너라

너에게 나태함을 달래줄 리라를 줄테니

그래, 뮤즈들이 너와 함께하리라
아, 지독하게도 현명한 푸시킨*아,
너는 우리의 우정 잊지 않겠지!
내 깊은 술잔과 함께
비쩍 마른 도금양나무를 가져가다오!
친구들이여! 당신들께 내 마음과
양귀비와 백합꽃 흐드러진 화단에서
유유자적 행복함에 빠졌던
아름답던 지난 추억을 남긴다
내 시는 〈망각〉에게 줄 것이요,
내 마지막 숨결은, 〈그녀〉에게로…!

조용한 축제 같은 장례식에
반드시 너희들을 부를 거야

고독함의 단짝인 흥겨움이

내 부고를 알려주겠지

머리에 화관을 쓰고 손에 손 맞잡은 채

시끌벅적한 군중들 속에서

헬리콘* 덤불 속으로 사라진 시인의

관 뚜껑 위에

거친 조각칼을 들어 새겨다오:

"여기 아폴론과 애무의 수제자인

젊은 현자 잠들다"라고

(1815)

* 세멜레의 아들 : 테베의 공주 세멜레와 제우스 사이에서 태어난 아들로 술의 신 디오니소스를 말한다.

* 아나크레온 : 고대 그리스의 서정시인으로, 사랑과 술을 찬미한 작품을 주로 발표했다.

* 테미라 : 친구들에게 주겠다는 악기 '리라'와 운율을 맞추기 위해 푸시킨이 사용한 단어다.

* 푸시친 : 푸쉬킨의 가장 친한 친구이자 귀족학교 동급생이반 이바노비치 푸시친(1798~1859)을 말한다.

* 헬리콘 : 희랍 신화에 등장하는 뮤즈들의 거처를 뜻한다.

나의 묘비명

여기 푸시킨 고이 잠들다. 어린 뮤즈와 함께
사랑과 함께 즐거운 시절을 보냈던 고인은
착한 일은 한 적이 없다, 하지만 영혼은 선했다
그러니까, 좋은 사람이었다

(1815)

가을의 아침

요란한 풀피리 소리에 나의 고독은 잊혀지고
사랑하는 연인의 모습과 함께
내 마지막 꿈도 사라진다
밤그림자가 하늘로부터 드리워지면
노을이 올라오고 창백한 날이 빛나기 시작한다
아, 내 곁에는 처량한 공허함뿐
이미 그녀는 떠났다… 내가 있던 이 강변은
맑은 저녁에 사랑스러운 그녀가 거닐던 곳
강가 푸른 초원은 변함없는데
그 어여쁜 발길이 머물렀던 흔적은
찾을 길이 없어라
무성한 숲속을 거닐며 생각에 잠기다가
소중한 그 이름 불러본다
그녀 이름 불러본다 ― 고독한 그 이름을

텅 빈 계곡 저 멀리 그녀를 불렀다
꿈꾸듯이 이끌려서 강가에 섰다
물살은 느긋이 흘러가는데
잊을 수 없는 그 모습은 비치지 않는다
그녀는 떠났다! 달콤한 봄이 될 때까지
나는 행복과도 영혼과도 작별 인사를 나눈다
가을의 차가운 손길은
자작나무와 보리수나무의 머리를 어루만지며
공허한 참나무 숲에서
노란 잎사귀들만 밤낮으로 흩뿌리는구나
차가워진 물결 위로 안개가 피어나면
순식간에 사라지는 바람 소리만 들리는데
들판아, 언덕아, 정든 참나무야!
성스러운 침묵의 보호자여!

내 슬픔과 기쁨의 증인들이여!
너희들을 잊으리다… 달콤한 봄이 올 때까지!

(1816)

가수

당신은 한밤중에 숲속에서
사랑의 가수, 슬퍼하는 가수가 부르는 노래를 들어봤나요?
고요한 아침의 평야에서
외롭고 처량한 풀피리 소리를
당신은 들어보셨나요?

텅 빈 어두운 숲속에서
사랑의 가수, 슬퍼하는 가수를 만나봤나요?
눈물 자국, 미소가 스며든 흔적을
아니면 말없는 고요한 눈빛을
당신은 만나보셨나요?

낮은 목소리를 내는
사랑의 가수 슬퍼하는 가수를 보고 한숨 쉰 적 있나요?

숲속에서 그 젊은이를 보았을 때
생기 잃은 그의 눈길을 바라보며
당신은 한숨을 내쉬었나요?

(1816)

그녀

너 지금 슬퍼 보여. 무슨 일인지 말해주겠니

— 사랑해, 친구야! — 근데 누가 이렇게 사랑에 빠지게 만든 거야?

— 그녀가 — 그녀가 누구지? 갈리테라? 흘로이? 아니면 리라?

— 아, 아니야! 그럼 도대체 누구한테 정신이 팔린 거니?

— 그녀한테! — 넌 사려 깊고 겸손한 친구야!

그런데 너는 왜 이렇게 슬퍼하는 거니?

누가 잘못이라도 한 거야? 남편, 아버지, 물론……

— 그런 거 아니라니까! — 그럼 왜 그러는데? — 나는 그녀의 남자가 아직 아니거든.

(1817)

꿈

언젠가 나는 매혹적인 꿈을 꾸었고
빛나는 왕관을 쓴 황제 같은 내 모습을 보았다
꿈속에서 나 자신을 미칠 듯 사랑했고
쾌락에 젖은 마음은 요동치고 있었네
환희에 젖어 너의 발치에 정열을 쏟아부었지
꿈아! 아! 너는 어찌하여 이 행복을 오래 지켜주지 않았느냐?
단지, 지금이라고 해도 신께서 내 모든 것을 가져간 것은 아
닐지어다
나는 오직 왕국을 잃었을 뿐

(1817)

크리프초프에게

사랑하는 친구여, 내 친구여
곧 있을 무덤가의 초대로 우리를 겁박하지 마라
실은 그런 하찮은 일 따위로
눈 하나 깜짝할 듯싶은가
누군가 다른 이들에게 이 차가운
생명의 잔을 들게 하여라
우리는 다정스럽게 앉아서
청춘을 소진할 테니
너도나도 자신의 무덤가에 걸터앉아
사랑의 여신 비너스에게
싱싱한 화관을 요청하고
시간이 남는다면 나태한 모습으로
둥그스런 술잔을 가득 채워주리
우리의 그림자 한 무리를 이루어

침묵의 레테 강가로 달려가는데
이때도 죽음의 그림자는 밝게 빛나리
개구쟁이 소년들 소녀들
그들의 재를 모아 연회 때는
보잘것없는 유골함에 담아두리

(1817)

용서해다오, 정직한 떡갈나무들아!*

용서해다오, 정직한 떡갈나무들아!
미안하다, 평화로운 저 들판아,
속 편한 즐거움들도
그토록 빨리 지나가버렸던가
미안하구나, 트리고르스코예 마을이여
항상 너를 만날 때마다 기쁨이 있었구나!
내가 너의 달콤함을 알게 된 것이
너와 영원히 이별하기 위함이었던가?
너와의 추억은 간직하고
너에게는 내 가슴을 남겨 주리라
아마도 아마도 (달콤한 꿈처럼!)
나는 너의 들판으로 돌아오겠다
우정 어린 자유와 기쁨,
우아함과 지혜의 숭배자 같은

보리수나무 아래 트리고르스코예 마을의
비탈진 언덕으로 다시 돌아오겠다

(1817)

---

* 용서해다오, 정직한 떡갈나무들아 : 이 시는 푸시킨이 살던 곳 인근의 트리
고르스코예 마을 여지주였던 오시포바야의 앨범에 푸시킨이 직접 쓴 것이다.

2장
귀족학교 졸업 이후
(1817~1820)

아락체예프*에 대하여

러시아 땅 모든 이들의 압제자여

지방관들의 박해자여

위원회*의 스승이여

황제*의 ― 친구이자 동생이여

가득찬 적개심과 가득찬 복수심

지혜도 감정도 명예도 없는

당신은 누구인가? 아첨 없는 충실함,*

…… 보잘것없는 군인일 뿐

                                          (1817-1820)

---

* 아락체예프 : 제정 러시아의 정치가이자 군인인 알렉세이 안드레예비치 아
락체예프(1769~1834)를 말한다.

* 위원회 : 러시아 황제의 직속 기관인 '최고법률 심의위원회'를 뜻한다.

* 황제 : 알렉산드르 1세를 의미한다.

* 아첨 없는 충실함 : 아락체예프 가문의 문장이다.

꿈꾸는 자에게

너는 슬픔의 정열 속에서 기쁨을 찾아내고
기뻐하며 눈물을 흘리고 있다
헛된 불길로 상상력을 매만지고
마음에는 말없는 고독을 품고 있구나
어설프게 꿈꾸는 사람아, 너는 사랑하지 않는구나
무서운 사랑의 광기를
사랑의 독약이 네 핏속에서 끓어오를 때
잠 안 오는 기나긴 밤에
애수가 침대 위의 너를 천천히 괴롭힐 때
　　　너는 기만적인 평온함을 외치는구나
　　　슬픈 눈을 감아버리고 마는구나
더운 이불을 끌어안고
보답 없는 열정의 광기 속에서 시들어간다면—
　　　정녕 그날이 온다면 너는

비겁한 꿈을 내칠 것이다!
아니, 아니야, 너는 발까지 눈물을 흘리며
거만한 네 연인 앞에 꿇어앉아
창백한 모습으로 온몸을 떨며
신에게 절규하겠지
"신이시여, 나에게 이성적인 침묵을 주소서
저의 숙명적인 마음을 제게서 가져가소서
사랑 따윈 충분히 했으니 이젠 평온을 주소서"
그렇지만 우울한 사랑과 잊지 못할 네 숙명은
영원히 너와 함께 남아 있을 거야

(1818)

차다예프에게

사랑도 희망도 말없는 영광도 모두 다 위선이다
오랜 시간 우리를 위로해주지 못하고
꿈같은 아침 안개와도 같이
이 청춘의 즐거움도 사라져갔다
그러나 우리의 열정은 하염없이 불타올라
운명적인 권좌의 압제 속에서도
참을 수 없는 흥분으로
조국의 부름에 귀를 기울인다
젊은 연인들이 진심 어린
만남의 순간을 기다리듯
벅차오르는 희망에 가슴 조이며
신성한 자유의 순간을 기다린다
우리가 자유의 염원을 향해 타오르는 동안에도
심장이 명예를 위해 뛰는 순간에도

나의 친구여, 아름다운 영혼의 열정을
조국에 바치자!
친구여 믿으라,
황홀한 행복의 별이
곧 솟아오를 것이다
러시아는 꿈에서 깨어나고
전제 권력의 폐허 위에
우리의 이름이 새겨지리니!

(1818)

르네상스

무식쟁이 화가가 잠에 취해 붓을 들고
천재 화가의 그림 위에 덧칠을 한다
그림 위에 말도 안 되는 제 그림을
아무렇게 그려서 덮어버린다

그러나 세월이 흐르고 덕지덕지 발라놓은 물감은
낡은 비늘처럼 떨어질 테고
천재 화가의 그림은 다시 우리 앞에
이전의 아름다움을 나타낼 거다

그렇게 쇠락한 내 영혼에서
망상은 사라지고
젊음의 맑은 시절이
다시금 돌아올 테지   (1819)

도리다

금빛으로 빛나는 도리다의 머릿결
그 창백한 얼굴 파란 눈을 나는 사랑했다……
어젯밤 나는 벗들의 연회에서 벗어나
그녀의 품 안에서 내 영혼의 위안을 마셨다
순간의 환희는 또 다른 환희로 이어지고
열망은 사라지기 무섭게 다시 타오르는데
나는 녹아내리고 있었다, 그렇게도 믿지 못할 어둠 속에서도
나 다른 사랑의 모습을 보았고
신비한 슬픔이 나를 가득 억눌러서
내 입은 낯선 이의 이름만 중얼거리는구나

(1819)

루살카

참나무 숲 깊은 곳 호숫가에서
한 수도승이 수양을 하고 있었네
항상 경건하게 배우며
굶기도, 기도하기도, 일하기도 했다네
이미 수도승은 겸손 가득한 삽을 들어
자기 무덤까지 파두었단다
어서 죽을 수 있게 해달라고
성인들께 기도할 뿐이었지

어느 여름 은둔 중인 수도승이
쓰러져가는 오두막 문가에서
신에게 기도 드렸네
참나무 숲은 이미 어두워졌고
호숫가에 안개가 피어오르는데

붉은 달은 구름 속에 숨어서
말없는 하늘로 미끄러지는데
수도승은 호수를 바라보고 있네

불현듯 겁에 질린 수도승은
어리둥절 이리저리 쳐다보는데
갑자기 물결이 출렁이더니
갑자기 도로 잠잠해졌네
그리고 갑자기…… 한밤중의 그림자처럼 가볍고
언덕 위 쌓인 눈처럼 새하얗게
벌거벗은 처녀가 나타나
말없이 호숫가에 앉아 있네

늙은 수도승을 이글거리듯 바라보면서

젖은 머릿결을 빗어 올리는 처녀
성스러운 수도승 공포에 젖어
아름다운 그 모습 바라보고 있네
처녀가 그에게 손을 흔들더니
재빨리 고개를 끄덕이다가……
갑자기 유성처럼
자는 듯이 잔잔한 물결 속으로 빨려 들어갔네

걱정스러운 노인은 한숨도 못 자고
하루 종일 기도마저 못 드렸네
얼빠진 영혼의 눈앞에
처녀의 놀라운 형태가 아른거리네
참나무 숲은 다시 어두워졌는데
달은 구름 따라 지나가고

또다시 물 위에 처녀가
창백하니 새하얀 처녀가 앉아 있네

수도승을 응시하며 고개를 흔들고
저 멀리서 장난치듯 입맞춤을 하네
물장구를 치면서 떠들기도 하고
아이처럼 울다가 웃기도 하네
부드러운 한숨을 쉬며 수도승을 부르네……
"사제님, 사제님! 이리 오세요, 저한테요!"
그러면서 물결 속으로 사라지고
주변은 온통 고요함으로 가득했네

셋째 날 정열에 불타는 은자는
매혹적인 호숫가에 앉아

아름다운 그 처녀를 기다렸다네
참나무 사이로 어두운 그림자가 늘어지고
동틀 녘 여명이 밤의 어둠을 쫓아낼 때
수도승은 온데간데없이 사라지고
그의 흰 수염만을
마을 소년들이 물에서 찾아냈다네

(1819)

도리다에게

우리 마음을 믿을 필요가 있기에 나는 사랑을 믿는다
아니, 내 사랑은 위선적이지 않아
그녀에게는 모든 것이 다 진실하지, 괴로운 열정마저도
겁먹은 듯 부끄럽고, 귀중한 선물처럼 소중하고
옷차림과 말투도 무관심한 듯 보이는데
청춘의 상냥함만이 부드럽게 다가오는구나

(1820)

3장
남러시아 유배 시절
(1820~1824)

나는 아쉬워하지 않습니다

나는 아쉬워하지 않습니다. 나의 봄날마저도
공상 속으로 흘러가버린 무의미한 사랑조차도
나는 아쉬워하지 않습니다. 비밀스러운 밤들도
음탕함이 그득했던 소리마저도

나는 아쉬워하지 않습니다. 못미더운 친구들도
연회의 화관과 둥근 술잔들도
나는 아쉬워하지 않습니다. 마음 변한 아가씨들도
상념에 잠겨서 그런 것들 멀리하고 싶으니까

하지만 당신은 어디에 있습니까, 감동의 순간 속에
젊은 희망이 타오르던 고요한 마음속에?
지나가버린 열정과 영감의 눈물들 다 어디에 있는가?
나의 봄날이여, 다시 내게로 돌아오라   (1820)

나는 희망을 견뎌내고

나는 희망을 견뎌내고
꿈을 향한 사랑을 잃어버렸다
내게 남은 것은 오직 한 가지―고통
텅 빈 마음의 열매들뿐이다

거친 운명의 폭풍 속에서
화려했던 월계관은 시들었다
고독과 슬픔 속에서 기다리는데
내 마지막 순간은 언제나 올까?

그래, 늦은 추위 속의 패배는
겨울바람 소리처럼 들려오고
벌거벗은 가지의 작고도
때늦은 이파리 하나만 하염없이 떨고 있구나!   (1821)

십계명

신이시여, 당신은 말하십니다
다른 이의 부를 탐내지 말라고
하지만 당신은 제 힘을 아시는가요
어떻게 사랑하는 마음까지 감추겠습니까?
남을 괴롭히고 싶지 않습니다
그의 마을도 원하지 않습니다
그의 황소도 필요하지 않습니다
이런 것들은 다 지나가는 것일 뿐입니다
그의 집이니, 가축이니, 몸종들이니
나는 관심도 없습니다, 상관없습니다
하지만 그의 시녀가
정말 아름답다면, 아, 신이여! 저는 약한 사람입니다!
만약에 그의 여자가
사랑스럽다면, 천상에 사는 천사처럼 아름답다면

정의로운 신이여! 용서하세요

내가 친구의 복을 질투한다 하더라도

그 누가 마음을 다잡을 수 있을까요?

그 누가 헛고생하고 싶어 하는 노예로 있을까요?

사랑스러운 사람을 어찌 사랑하지 않을 수 있을까요?

천국의 행복을 어찌 원하지 않을 수 있을까요?

그저 바라보며 한숨짓고 애태울 뿐

하지만 내게 주어진 의무도 배웠습니다

심장이 또 열정으로 고동칠까 무서워서

말없이 있겠습니다…… 조용히 괴로워만 하겠습니다

(1821)

뮤즈 여신

어렸을 때 그녀는 나를 사랑했지
그리고 일곱 마디 피리 하나를 내게 선물해주었네
그녀는 미소 지으며 내 노래를 들었고
맑은 소리 들리는 피리 구멍 누르며
나는 가냘픈 손가락을 바삐 움직여
하늘의 신들이 가르쳐준 웅장한 찬양가와
프리기 목동들의 평화로운 노래를 연주했네
아침부터 저녁까지 참나무 그늘 아래서
비밀스러운 처녀의 수업을 들었지
내 마음 즐겁게 상을 내리면서
이마에 드리운 아름다운 머리채를 쓸어 올리고
그녀는 내 손에서 피리를 받아들었지
피리 소리는 신의 숨결로 되살아나고
내 마음은 성스러운 유혹을 가득 담았네   (1821)

죄수

어두운 철창 안에 홀로 앉아 있다
강제로 사육되는 어린 독수리 한 마리가
내 슬픈 친구인 듯 날개를 흔들며
창문 밑에서 피 묻은 먹이를 쪼아댄다

모이를 쪼다가 그만두고 창밖을 보면서
나와 같은 생각을 한 듯이
시선과 울음소리로 나를 부른다
자, 이제 갈 시간이오!

우리는 자유로운 새들, 형제여, 같이 날자!
산봉우리 안개 너머로
드넓게 펼쳐진 바다 저 끝으로
바람과 그리고 내가 거니는 그곳으로!

(1822)

파도야, 누가 너를 멈추게 했느냐

파도야, 누가 너를 멈추게 했느냐
누가 너의 힘찬 흐름에 족쇄를 채웠고
누가 너의 포효하는 물살을 막고서
고요하고 탁한 연못을 만들었느냐?
누구의 마법 지팡이가
내 희망과 슬픔과 기쁨을
격렬한 영혼과
나른한 권태 속으로 잠재워버렸느냐?

바람아 불어라, 물결아 일어나라
파멸의 요새를 부셔버려라
자유의 상징, 너 뇌우는 어디에 있느냐?
속박 당한 물 위로 어서 달려가거라

(1823)

새 한 마리

예부터 전해지는 조국의 풍습을
이국땅에서 성스럽게 지키느라
봄이 오는 찬란한 축제일에
작은 새 한 마리를 자유롭게 날려 보냈다

나 역시 작은 위안을 찾았다
비록 작은 피조물일지라도
내가 자유를 전해줄 수 있었으니
어찌 신께 불평을 드릴 수 있겠는가!

(1823)

밤*

너를 부르는 내 목소리는 다정하게 무겁다
어두운 밤의 늦은 침묵을 흔들고 있다
내가 쉴 곳 가까이 슬픈 촛불이 타오르면
시는 물 흐르듯 속삭이다가 흐른다
사랑의 냇물이 되어 흐른다 너의 모습처럼
어둠 속에서 너의 눈동자는 나를 보며 빛나고
나를 향한 미소와 목소리가 들려온다
내 친구여, 내 소중한 친구여... 사랑해요... 당신의...
당신의!..

(1823)

---

* 밤 : 이 시는 1823년 10월 26일 우크라이나 남부 항구도시 오데사에서 쓰였다.

바흐치사라이 궁전*의 분수대에게

사랑의 분수, 살아 있는 분수!
난 너에게 장미 두 송이를 선물로 가져왔다
너의 끊임없는 속삭임과
시와 같은 눈물을 사랑한다

너의 은빛 가득한 물보라
차가운 이슬이 되어 나를 적신다
아, 흘러라, 흘러라, 기쁨의 열쇠여!
어서 너의 지난 이야기를 속삭여다오……

사랑의 분수, 슬퍼하는 분수!
나 역시 너의 대리석에게 묻는다
먼 나라 이야기만 들리는데
마리에 대한 이야기는 왜 안하느냐

할렘의 창백한 별이여!
여기서도 너는 잊히는구나
아니면 마리아와 사례마*는
행복한 꿈 한 조각에 불과했다는 말인가

아니면 그저 상상 속의 꿈 하나가
공허한 안개 속에서 그렸는가
자신의 부질없는 모습을
영혼의 희미한 이상을?

(1824)

---

* 바흐치사라이 궁전 : 바흐치사라이는 크림반도의 도시 중 하나로, 크림 타타르어로 '정원의 궁전'이라는 뜻이라고 한다. 1532~1783년까지 크림 칸국의 수도였으며, 바흐치사라이 궁전은 크림 칸국의 유일하게 현존하는 궁전이다.

* 마리아와 사례마 : 마리아는 유럽의 그리스도교를, 사례마는 아시아의 이슬람교를 의미한다. 푸시킨은 '갈등' 관계를 일반적인 이름으로 형상화했고, 이러한 테마는 운문 소설 〈타지트〉(1829~1830)에서도 드러난다.

포도

부드러운 봄기운에 시들어버린 장미를
나 가엾게 여기지 않으리라
산기슭 덤불에 잘 매달려 있는 포도송이가
내게는 더없이 사랑스럽구나
금빛 나는 가을의 기쁨과
기나긴 구릉 너머의 아름다움
어린 처녀의 손가락 같은
시린 듯 여린 포도알

(1824)

오! 장미 아가씨, 나는 묶여 있는 몸

오! 장미 아가씨, 나는 묶여 있는 몸
그러나 당신의 밧줄을 사양하지 않을 테요
월계수 덤불 속의 종달새는
숲속 가수들의 깃털 우두머리 아니겠소
거만하고도 아름다운 장미 곁에서
달콤한 구속을 만끽하듯이
사념의 밤 어둠 속에서
당신을 위해 다정한 노래 부르듯이

(1824)

서적상과 시인과의 대화

서적상

시라는 것은 당신께는 그냥 심심풀이 정도일 뿐
옆에 잠깐 앉아서 몇 자 적으면
벌써 자자한 명성이 하늘 높이 쌓여가고
칭송하는 소리 사방에 가득합니다요
듣자 하니 서사시*를 쓰셨다는데
기막힌 구상이 담긴 새로운 결실이랍디다
어서 결정하십시오. 여기 이렇게 당신의 입이
말씀하시는 대로 값을 쳐드리겠습니다
여기 뮤즈와 미인들의 사랑꾼 같은 시를
우리는 당장이라도 루블로 교환하고
당신의 원고 한 장 한 장을
빳빳한 지폐로 바꿔드리겠습니다

아, 왜 깊은 한숨을 쉬십니까요,
저도 좀 알면 안 되겠습니까?

시인

　　　　내가 아주 멀리 있던 그때를
그 옛날을 회상하고 있었구려,
그때는 희망만이 가득했지
돈 따위가 아닌 영감을 얻어서
시를 쓰던 태평한 시인이었소
내가 환상 속에서 연회를 즐기며
뮤즈를 불러댔던
절벽 위 내 피난처와

쓸쓸하고 어두운 지붕이 눈앞에 아른거리오
그곳은 내 목소리가 더 달콤했고
영감 가득 찬 밤이 되면
그곳의 또렷한 환영들이
표현할 수 없는 광채를 흩뿌리며
내 머리 위로 날아다니곤 했다오
모든 것들이 부드러운 내 지혜를 자극했소
꽃이 만발한 초원과 빛나는 달빛
작은 예배당의 폭풍 같은 바람 소리
늙은 할멈이 들려주는 신비한 이야기들
그런데 어떤 악마가 나타나서
내 놀이터와 여유를 사로잡더니
어디든지 내 뒤를 따라 날아오더니
이상한 속삭임으로 주문을 외웁디다

마치 불덩이 같은 무섭고도 아픈 통증이
내 머릿속에 가득 차오르고
기묘한 몽상들이 피어올랐소
나의 말 잘 듣는 단어들은
운율과 리듬에 맞게 붙여지고
내 조화로운 경쟁자들은
숲이 내는 소리, 사나운 회오리바람이거나
꾀꼬리가 지저귀는 노랫소리이거나
밤바다의 둔탁한 파도 소리이거나
조용히 흐르는 시냇물 소리였다오
그때는 말없이 쓰는 일만 했을 뿐
불타오르는 환희를
남들과 나눌 준비 차마 하지 못했소
뮤즈가 준 달콤한 선물을

부끄러운 흥정 따위로 날려버리지도 않았지요
나는 뮤즈의 인색한 보호자라오
미신 신봉꾼들로부터
침묵의 자신감을 갖고
위선적인 자들의 눈길에서 벗어나
젊은 연인의 선물을 지키려하듯 말이오

서적상

그렇지만 당신의 영광은
비밀스러운 몽상의 기쁨을 대신했습니다
당신 시집은 여기저기로 퍼져나갔지만
남겨진 다른 산문과 시들은

먼지를 뒤집어쓴 채로
읽어줄 사람을 하염없이 기다리며
바람 같은 보상을 기다리고 있잖습니까

시인

고매한 창조물인 영혼을
간직한 자들이여
무덤에서 온 것 같은 사람들의 보상을
기다리지 않는 이들에게 축복이 있기를!
영광의 가시면류관을 벗어던지고
천박한 사람들에게 잊혀지면서
이름 없이 세상을 버린

말 없는 시인에게 축복이 있기를!
희망의 꿈과 기만함이여
명성이란 무엇인가? 독자들의 속삭임이더냐?
천한 무식쟁이들의 공격이냐?
아니면 어리석은 자들의 환호성이더냐?

서적상

바이런 경도 같은 생각이셨고
주꼽스키*도 그런 말을 하셨습니다
그러나 세상은 이미 알고 있었고
그들의 달콤한 창작물을 다 사들였지요
단언컨대 당신의 운명이 부럽습니다

시인은 벌을 주기도 상을 주기도 하거니와
우뢰같이 영원한 화살을 겨누어
먼 후대의 악당들을 쳐부순다지요
시인은 영웅들을 위로해주면서
자신의 연인과 코린나*를 높이 들어올려
아프로디테의 권좌에 앉힌답니다
칭찬은 당신에게 지겨운 소음이지만
여자의 마음은 명성을 원하고 있답니다
그들을 위해서 몇 편 쓰시지요
아나크레온의 아첨 따위도
그들의 귀를 기분 좋게 해주지 않습니까
젊은 시절에는 헬리콘의 월계수보다
장미 송이가 더 소중한 법이지요

시인

자아도취의 꿈과
어리석은 청춘의 위안 같구나!
나 역시 내 인생의 폭풍 같은 소음 속에서
미인들의 관심을 갈구했었소
그들의 매혹적인 눈동자는
사랑의 미소를 띤 채 나를 읽었소
마법 같은 내 입술은
달콤한 소리로 내 시를 속삭였다오
하지만, 이제 그만! 그 어떤 공상가들도
자신들의 자유를 희생시키진 않을 거요
대자연이 사랑하는 개구쟁이 같은
젊은 시인들이나 그들을 노래하겠지

나에게 자연이 무슨 의미가 있소?

지금도 내 삶은 말없는 오지에서 저물어가는데

충성스런 리라의 울음소리도

그들의 약해빠지고 천박한 영혼을 달래줄 순 없으며

그들의 상상은 순수하지도 않고

우리를 이해할 수도 없다오

그래서 신의 환영인 영감이라는 것도

낯설고 우스꽝스러운 것들일 뿐

그들에게 불러줬던 시구절들이

나도 모르게 문득 생각날 때마다

가슴 쓰라리고 얼굴을 못 들겠소

내 이상들이 부끄러워 참을 수 없구려

무엇을 그렇게 갈구했던 것일까?

누구의 발밑에 오만한 내 지식을 바쳤던가?

순수한 영혼의 전율을
부끄러움 없이 찬양했던 것이 누구란 말이오?

서적상

당신의 분노를 사랑합니다. 시인이란 원래 다 그렇죠!
당신께서 고뇌하는 이유를
저는 절대로 알 수 없을 겁니다. 그렇지만
미인들을 위한 시가 정말 아니라는 겁니까?
자신만의 뛰어난 아름다움으로
시인의 영감과 정열을 자아내서
그렇게 당신의 노래를 독차지할

미인이 단 한 명도 없단 말입니까?
말씀 좀 해주시렵니까?

시인

어찌 시인이
고통스러운 꿈으로 마음을 괴롭히겠소
의미 없이 기억만 아프게 하는 것을
그런데 왜? 이 세상과 무슨 상관이기에?
나는 모두에게 타인일 뿐. 내 영혼이
잊지 못할 형상이라도 갖고 있었단 말이오?
내가 사랑의 축복을 알기라도 했단 말이오?

오랫동안 우수에 젖은 채
고요함 속에서 눈물을 숨겨 왔답니까?
하늘처럼 나를 향해 미소 짓던
눈동자의 여인이 어딘가 있었다는 말이오?
모든 인생이 하룻밤, 이틀밤이었던가요?
....

그래서요? 사랑의 신음은 지겹고
내 입에서 튀어나온 말들은
미치광이의 웅얼거림으로 들릴 텐데
단 하나의 가슴만이 내 말을 이해할 테지만
그것 역시 슬픔으로 전율하는 통에
운명은 그렇게 정해져버렸다오
아, 그 시들어버린 영혼에 대한 생각은
내 젊은 날을 살아나게 만들었고

지나가버린 시의 꿈들은
다시금 무리지어 나타나는구나!
단 하나의 그녀만이
내 흐릿한 시들을 이해할 수 있었소
오직 그녀만이 내 가슴속에
순수한 사랑의 램프를 켜서 타오르게 했소
아아, 모든 것이 부질없는 희망사항이었구나!
그녀는 우수에 찬 내 영혼과 애원
그리고 저주까지도 다 거절했구나
여신과도 같은 그녀에게는
대지의 기쁨 따위는 필요치 않았으리라

서적상

그래서 사랑에 지친 나머지
남들의 수군거림이 싫어서
당신의 영감 가득한 리라로부터
멀찌감치 떨어지려 하시는군요
이젠 시끄러운 세상도
뮤즈도, 바람 같은 유행도 다 내다 버렸으니
대체 무엇을 고르시려는지요?

시인

자유를!

서적상

대단하십니다. 당신께 충고 한 말씀 드립죠
유익한 진실을 잘 들어주십시오
우리의 시대는 상인들의 시대, 강철의 시대랍니다
돈이 없으면 자유도 없다는 거지요
명예라구요? 그건 가수의 낡은 누더기 옷에 대한
화려한 보수를 의미한답니다
우리한테는 금화, 금화, 금화가 필요합니다
삶의 끝까지 돈을 모으십시오!
당신의 반대가 먼저 나오겠지만
저는 당신 같은 시인 분들을 잘 압니다
작품의 열정이 살아 있고
상상력이 날뛰는 동안에

당신께는 창작이 중요하겠죠
그러나 그것이 차갑게 식어버리면
글 쓰는 마음도 식어버리죠
이렇게 말씀드리는 것을 용서하십쇼
영감은 팔 수 없지만
원고는 팔 수 있습니다
뭘 그리 주저하십니까? 벌써 나에게
기다림에 지친 독자들이 찾아옵니다
서점 주변에는 기자들이 서성대고
기자들 뒤에는 초췌한 가수들이 몰려옵니다
풍자를 위해, 영혼을 위해, 펜을 위해
쓰인 글을 원하는 자들이죠
분명한 것은 — 당신의 리라로부터
나는 큰 재물을 확신한다는 겁니다

시인

당신이 전적으로 옳소. 여기 내 원고를 드리죠
계약합시다

(1824)

---

* 서사시 : 푸시킨의 운문 서사시 〈예브게니 오네긴〉을 의미한다. 이 시는
1825년에 첫 출판된《예브게니 오네긴》의 1장의 서문 형식으로 지어졌다.

* 주꼽스키 : 러시아의 시인이자 러시아 낭만주의 시풍의 창시자인 바실리 안
드레예비치 주꼽스키 (1783~1852)를 말한다.

* 코린나 : 고대 그리스의 여류 서정시인이다.

4장

상트페테르부르크 시절
(1825~1837)

태운 편지

잘 있거라, 사랑의 편지여, 안녕! 그 사람의 뜻이었다…
내 모든 기쁨을 불구덩이 속에 내던지지 않기만을
그 오랫동안 애태우며 간청했다!
저 탐욕스러운 불꽃이 사랑의 편지를 삼키려 하는데
내 마음 그 어떤 유혹에도 흔들리지 않는다
아아 이제! 타오르는구나! 옅은 연기가 되어 오르는구나
나의 기도와 함께 사라져버렸구나
굳은 사랑을 맹세한 반지 자국도 사라지고
녹은 밀랍만이 끓어오르는구나, 아, 신이시여!
다 끝이다! 이제는 검은 재만 남았구나
가벼운 재 위에 사연의 흔적만 남아
하얘진다. 내 가슴 쓰라려온다 가련한 한줌의 재여,
내 우울한 운명 속에서의 가련한 기쁨이여
내 고뇌하는 가슴속에 영원히 함께하기를   (1825)

삶이 그대를 속일지라도

삶이 그대를 속일지라도
슬퍼하거나 노여워하지 말라
우울한 날에는 참아라
기쁜 날은 반드시 올 터이니

마음은 미래에 사니
현재는 항상 어두운 법
모든 것 한순간에 사라지나
지나간 것 모두 소중하리니

(1825)

겨울바람

거센 바람이 눈보라를 일으켜서
하늘을 뿌옇게 뒤덮는다
짐승 소리처럼 울부짖고
아이 우는 소리처럼 들린다
낡은 지붕으로 내려 꽂혀서
지푸라기들을 출렁이게 만들고
늦은 시각 나그네처럼
창문을 두드린다

쓰러져가는 우리 오막살이집 한 채
슬프고 어두컴컴하구나
거기 할멈, 왜
창가에 말없이 서 있는가
울부짖는 세찬 바람 소리에

마음이 불편한 것은 아닌지
아니면 쉴 새 없이 돌아가는 물레 소리에
졸고 싶은 것인지?

내 가련한 어린 시절의
선량한 여인이여, 마십시다
슬픔의 잔을 듭시다. 술잔은 어디에 두었소?
마음이 한결 즐거워질 거요
나에게 바다 건너 소리 없이 날아간
박새 노래 한 자락 불러주오
나에게 아침 일찍 물 길러 나간
처녀의 노래 한 자락 불러주오

거센 바람 눈보라를 일으켜서

하늘을 뿌옇게 뒤덮는다
짐승 소리처럼 울부짖고
아이 우는 소리처럼 들린다
내 가련한 어린 시절의
선량한 여인이여, 마십시다
슬픔의 잔을 듭시다. 술잔은 어디에 두었소?
마음이 한결 즐거워질 거요

(1825)

스텐카 라진의 노래

1

넓디넓은 볼가강에
돛단배 한 척이 떠 있는데
노 젓는 어린 젊은이들은
용감한 카자크*들이었다네
배 후면에 앉은 사람은 다름 아닌 선장
바로 그 선장, 무서운 스텐카 라진이라네
그 앞에는 아름다운 처녀
사로잡힌 페르시아의 공주
공주를 본체만체하는 스텐카 라진은
어머니 같은 볼가강을 바라보네
무서운 스텐카 라진 이렇게 외치네
"아, 조국의 어머니와 같은 볼가강이여!
나 어릴 때부터 먹여주시고

긴긴 밤을 물결치며 흔들어 재우시고
몰아치는 폭풍도 이겨내서
어린 나를 지키느라 잠 못 드시네
우리 카자크 동지들에게 자비를 베풀지만
아직 우린 아무 보답도 못했다네"
무서운 스텐카 라진이 벌떡 일어나더니
페르시아의 공주를 덥석 잡아서
그 아름다운 처녀를 파도 속으로 던져서
어머니 같은 볼가강에 공양 드렸네

2
스텐카 라진은
아스트라한을 오가며
장사를 했다네

마을 대장이
선물을 요구해서
스텐카 라진은
색색의 비단 옷감을
색색의 비단 옷감을
금빛 비단을 갖다 바쳤네
마을 대장이
털가죽을 내라고 하네
털가죽은 귀하고
모두 갓 지은 새것이지
하나는 수달 털가죽
또 하나는 흑담비 털
스텐카 라진은 대장에게
털외투를 주지 않았어

"이리 내놔라, 스텐카 라진
외투를 이리 내놓거라
내주면 고맙지만
안 주면 목을 매달겠다
허허벌판에
푸른 참나무에
푸른 참나무에
개가죽을 입혀서"
스텐카 라진은
잠시 생각하더니
"좋소, 대장
외투를 가져가시오
외투를 가져가시오
그리고 귀찮게 하지 마오"

3

말발굽 소리도 아니고, 사람들 소리도 아니고
들판에서 들려오는 나팔 소리도 아니라네
비바람이 몰아치는 소리
미친 듯 울부짖으며 날뛰면서
나를, 스텐카 라진을
저 푸른 바다로 나오라고 부르는 것이라네
"용감한 젊은이, 너는 당당한 도적
너는 당당한 도적, 거침없는 난폭자
네 범선에 어서 올라타라
아마로 만든 돛을 올려서
푸른 바다로 내달리거라
너에게 배 세 척을 띄워갈 테니
첫 번째 배에는 빛나는 금덩이를

두 번째 배에는 새하얀 은덩이를

세 번째 배에는 어여쁜 아가씨를"

(1826)

---

* 카자크 : '코사크'라고도 한다. 러시아 남부 변경 군영 지대에서 농사를 지으면서 군무에 종사하던 사람들로, 말을 잘 타고 호전적이며 자유로운 습성을 지닌 사람들을 일컫는다.

내 고향 땅 푸른 하늘 아래서

내 고향 땅 푸른 하늘 아래서
그녀는 괴로움을 못 이겨 사그라졌다
끝내 이 세상을 떠나
어린 그림자 되어 날아다니고 있다
근데 우리 사이에는 넘을 수 없는 경계가 있어서
떨리는 감정도 소용없는 일이다
냉담한 입에서 부고를 듣고 나서
나도 냉담하게 귀 기울였다
불타오르는 내 영혼을 다 바쳐서
이다지도 숨 막히는 긴장 속에서
이렇게 부드러운, 애절한 우수와 함께
이렇게 미친 듯이 고통스럽게 사랑했는데!
고뇌는 어디 있느냐, 사랑은 어디 있느냐? 아, 내 영혼 속에서는
저 가련하고 순진한 그림자에게 바칠

돌아오지 않을 달콤한 기억에 바칠

눈물도 질책도 찾을 수가 없구나

(1826)

겨울 길

흐드러지는 안개를 지나서
빼꼼히 내다보는 달빛이
슬픔에 젖은 광야에
슬픈 빛을 뿌린다

지루한 겨울 길을
내달리는 삼두마차
방울 소리 단조롭게
귀를 두드린다

마부의 기나긴 노랫소리가
무언가 고향의 소리처럼 들린다
때로는 흥겨운 가락처럼
때로는 우수에 젖은 마음처럼

불빛도 없고 어두운 농가도 없고
보이는 것은 촌구석과 흰 눈뿐
줄 그려진 이정표만이
이따금 내게 다가온다

지루하고 우울하다…… 니나, 내일은
내일은 내 사랑에게 돌아가서
난롯가 앞에서 모든 것을 다 잊고
당신만을 바라보겠소

시곗바늘 울릴 때
하루 일과 다 마무리하고
귀찮은 이들 다 보내고
밤새도록 우리 함께 있자

슬프다, 니나, 나의 외로운 길
내 마부는 잠에 취해 말이 없고
단조로운 방울 소리
달의 얼굴에 안개가 서린다

(1826)

유모에게

내 힘들었던 시절의 친구여
늙고 노쇠한 나의 사랑이여!
오직 당신만이 깊은 소나무 숲속에서
오랫동안 오랫동안 나를 기다립니다
당신 방 창문 아래로
시간이 흘러감을 한탄하며
그 주름진 두 손 사이로
뜨개바늘 천천히 쉬어가는구려
잊혀진 지 오래인 대문을 바라보며
저 멀리 검은 길을 지긋이 살펴주오
우수와 불안함과 근심으로
한순간도 마음 편할 날 없겠지요
그렇게 생각되는 것이……

(1826)

1827년 10월 19일

신이여, 내 친구들을 도와주소서
인생의 걱정과 황제가 하는 일들에
거침없는 우정의 연회장에
달콤한 사랑의 비밀에도!

신이여, 내 친구들을 도와주소서
폭풍우 몰아치는 인생의 슬픔 속에
낯선 땅과 황량한 바다에
어두운 대지의 심연 속에서도!

(1827)

깊은 시베리아 광산에서

깊은 시베리아 광산에서
자랑스러운 인내를 간직하라
당신들의 가슴속 고매한 이상과
힘든 노동은 헛된 것이 아니다

불행의 믿음직한 자매인
희망은 어두컴컴한 땅굴 속에서도
활력과 즐거움을 일으키나니
원하는 시간은 반드시 올 것이다

사랑과 우정은 어두운 족쇄를 깨고
당신들에게 다가가리다
지금 내 자유로운 목소리가
당신의 힘겨운 감옥까지 울려 퍼지듯이

무거운 족쇄 풀어지고
감옥이 무너지는 그때가―자유다
자유가 문가에서 그대들을 반기고
형제들이 장검을 건네주리라

(1827)

평화롭고 슬프고 끝없는 초원에서

평화롭고 슬프고 끝없는 초원에서
비밀처럼 샘솟는 샘이 세 군데 있는데
청춘의 샘은 뭐가 그리 급한지 격렬하게 치솟고
반짝이며 재잘대며 끓어오르네
카스탈의 샘물은 영혼의 샘물
평화로운 초원에서 유배자의 목을 적셔주네
마지막 샘물은 차가운 망각의 샘물
가장 달콤하게 심장의 불꽃을 꺼뜨리네

(1827)

아리온*

통나무배 위에 우리는 여러 명
어떤 이는 돛을 비끄러매고
다른 이는 사이좋게 온 힘을 다해
노를 붙잡고 버티고 있네. 고요함 속에서
우리의 현명한 조타수는 키를 기울이며
말없이 무거운 배를 조종하고 있네
그리고 나는 무사태평 아무 걱정 없이
뱃사람들 향해 노래 불렀네… 갑자기 파도가
세찬 소용돌이 만들어 휘감아오니
조타수와 뱃사람들 모두 죽고 말았네
오직 나만이, 기묘한 가수만이
폭풍에 떠밀려 해안가로 와서
예전에 불렀던 찬가 다시 부르며
내 축축한 옷을 들고

바위 밑 볕드는 곳에 말리고 있네

(1827)

---

* 아리온 : 아리온은 고대 그리스 신화에 등장하는 뛰어난 음악 연주가이다. 연주가 끝나고 받은 보물 상자를 들고 코린트섬으로 가는 중에 보물을 빼앗으려는 선원들의 음모로 위기에 처하지만 그의 음악에 감동받은 돌고래들의 도움으로 목숨을 건졌다고 한다. 푸시킨은 이 시에서 1825년 제카브리스트 반란의 실패 후 죽거나 고초를 겪는 친구들을 그리스 신화 속 인물을 통해 표현했다.

꾀꼬리와 장미

말없는 봄 정원에 밤안개 그윽한데
동쪽에서 온 꾀꼬리가 장미 위에서 노래하네
그러나 어여쁜 장미는 들은 척 만 척
사랑의 노래 들으면서 잠에 취해드네
너 또한 냉정한 미녀에게 이렇게 노래하겠지?
정신 차려 시인아, 뭘 원하는 거냐?
그녀도 시인의 마음 들은 척 만 척
마치 꽃 한 송이처럼 불러도 대답이 없는데

(1827)

너와 당신

'당신'이라는 공허한 말을 '너'라는 애정 어린 말로
그녀가 실언한 듯 바꾸어주었다
내 마음은 사랑으로 타오르고
모든 것이 행복한 꿈만 같았다
생각에 잠긴 듯 그녀 앞에 서서
힘없는 듯 지긋이 눈길을 돌렸다
그리고 그녀에게 말했다 : 당신은 너무 귀엽네요!
그리고 마음으로 생각한다 : 넌 정말 사랑스러워!

(1828)

미인이여, 내 앞에서 노래하지 마시오

미인이여, 내 앞에서 노래하지 마시오
그루지야의 슬픈 노래를 부르는구려
저 먼 바다 다른 삶을
내가 기억해야 하니 말이오

아, 당신의 잔인한 음률이
또 생각나게 하는구려
초원과 밤 그리고 달빛 사이로
저만큼 서 있는 가련한 처녀의 모습이

운명처럼 아름답던 환영을
당신을 보고 겨우 잊었소만
그 노랫소리에 그 모습 또다시
내 앞에 아른거린다

미인이여, 내 앞에서 노래하지 마시오
그루지야의 슬픈 노래를 부르는구려
저 먼 바다 다른 삶을
내가 기억해야 하니 말이오

(1828)

꽃

향기 없이 말라버린 꽃을
잊힌 책갈피 속에서 보고 있는 나
내 영혼 어느새
이상한 꿈속에서 허우적거리네

어디서 피었을까? 언제? 어느 봄이었을까?
오랫동안 피었을까? 누가 꺾었을까?
낯선 손이, 아니면 낯익은 손이?
어이하여 여기에 끼워져 있을까?

달콤한 만남을 기억하려고
아니면 운명적인 이별의 증표로
아니면 고요한 들판 음침한 숲속을
홀로 거닐던 게 생각나서?

그 신사, 그 숙녀 살아 있을까?
지금은 어디 있을까?
어쩌면 그들도 이미
신비한 이 꽃처럼 시들어버렸을까?

(1828)

그루지아 언덕은 밤안개로 덮이고

그루지아 언덕은 밤안개로 덮이고
　내 앞에 아라그바강*도 하염없이 흐르네
내 빛이 슬픔이기에 그리 쉽게 우울해지는가
　내 슬픔 속에는 너만이 가득하구나
너만을 오직 너만을… 내 쓸쓸함은
　결코 흔들리지도 깨어지지도 않으리
가슴은 또다시 타오르며 사랑하는데
　사랑이 없으면 마음도 없다는 것이리라

(1829)

---

* 아라그바강 : 현재의 그루지아 동부에 있는 강이다.

나는 당신을 사랑했습니다, 사랑은 아마도

나는 당신을 사랑했습니다, 사랑은 아마도 아직
내 영혼 속에서 완전히 꺼지지 않았을 겁니다
그러나 내 사랑이 더 이상 당신을 괴롭게 하지 않을 겁니다
어떤 경우에도 당신을 슬프게 하고 싶지 않습니다
나는 당신을 말없이 희망 없이 사랑했습니다
수줍기도 했고 질투심도 있었지만
나는 당신을 사랑했습니다. 이렇게도 진실하게 이렇게도 부
드럽게
다른 사랑을 하더라도 신의 가호가 있기를 바라는 것처럼

(1829)

카즈베크의 수도원

가족처럼 둘러싸인 산 위에 높이 서 있는
카즈베크, 황제 같은 너의 당당한 모습이
영원한 빛에 싸여 눈부시구나
너의 수도원은 구름 너머로
하늘을 떠다니는 함처럼
보일 듯 말 듯 산 위에 걸려 있구나

좁은 골짜기에 작별을 고하고
저 먼 바닷가로 갈 수 있다면
자유로운 산 정상으로 오를 수 있다면
그곳 하늘의 작은 거처에서
신의 이웃이 되어 내 모습 감출 수 있다면!

(1829)

차르스코예 마을에서의 회상*

추억이 사무쳐서 어지럽고
달콤했던 애수가 가득 차 있는
아름다운 정원으로, 당신의 성스러운 어둠 속으로
고개를 차마 못 들고 들어간다
성서에 나오는 소년은 미련한 방탕자가 되어
한스러운 술잔을 남김없이 다 마시고
마침내 다정한 고향땅이 눈에 들어오자
고개를 숙이고 눈물을 흘린다

덧없는 환희의 먼지 속에서
공허한 이 세상 소용돌이치는 속에서
오, 나는 이룰 수 없는 꿈을 찾아서
마음속의 보물을 탕진한 채로
오랫동안 피로에 지쳐 헤매였구나

슬픔에 가득 차서 나의 부족함을 책망하며
이 정원을 그리워했다
기뻐하는 너를 생각했다

우리들 사이에 리체이가 세워지던
그 행복한 나날들을 그려보니
우리 그때 장난치고 떠들던 소리 들려오니
가족 같던 친구들의 모습이 보이는구나
다시금 불같기도 하고 게으른 소년이 되어
불안한 꿈들을 마음속에 담아두고
초원과 침묵 가득한 숲을 내달릴 때
나는 내가 시인임을 잊고 만다

내 눈앞에서 아직 살아 있는

지난 세월의 자랑스러운 발자국들이 보인다
아직도 위대한 여인의 숨결이 있는
그녀의 사랑스러운 정원에서
거만하게 서 있는 궁전과 성문
첨탑과 망루와 신의 동상들
예카테리나 치하 독수리들의
청동빛 찬미가와 대리석의 영광들이여

영웅들의 유령들이 날아와
자신들에게 바쳐진 첨탑 위에 앉아 있고
보이는가, 여기 우리 군대를 다스린
카굴 강변의 페룬*이 있는 것이
여기, 북방의 깃발을 단 강력한 지도자 있으니
바다의 불길도 그 앞에서는 사그라질 뿐이다

또 여기 그의 진실한 형제, 에게해의 영웅이 있다
여기 바로 나바리노*의 한니발이 있었구나

나 어린 시절부터 이곳에서
성스러운 기억들과 함께 자랐고
군중들의 전투는 급류처럼 휩쓸려서
이미 나직한 소리로 투덜대고 있다
피비린내 나는 일들이 우리 조국을 뒤덮고
러시아는 꿈틀대며 우리 곁을 굽이쳐간다
말발굽이 만든 먹구름과 털북숭이 군사들도
빛나는 청동 대포의 행렬도 가버렸구나

....

젊은 장교들을 바라보며

저 멀리 들리는 싸움 소리를 들었다

어린 시절도 가고……. 저주스럽도다

학문의 엄격함도 사라지고

많은 친구들도 돌아오지 못했다. 새로운 노랫소리 들으며

보로디노의 들판에서, 쿨름산* 정상에서, 리투아니아숲에서

몽마르트 가까이에서…… 영원히 잠들어 있구나

(1829)

---

* 차르스코예 마을에서의 회상 : 1829년 푸시킨이 유배에서 돌아와 차르스코
예 마을에 머물면서 처음으로 쓴 시이다. 1814년에 쓴 〈차르스코예 마을에서
의 회상〉과 같은 제목, 같은 형식이다.
* 페룬 : 슬라브 신화의 최고신으로 천둥과 번개의 신이다. 구릿빛 수염을 기
른 강인한 남자가 도끼를 들고 소가 모는 전차를 타는 모습으로 묘사된다.
* 나바리노 : 1827년 9월에 나바리노만에서 영국, 프랑스, 러시아 연합 함대
가 오토만과 이집트의 연합 함대를 무찔렀다.
* 쿨름산 : 쿨름 마을은 현재 체코 지역으로, 1813년 8월 29일 프랑스군과 러
시아, 오스트리아, 프로이센 연합군과 전투가 벌어진 곳이다. 원문 시에서는
산 정상으로 쓰여 있지만, 언덕 위 정도로 이해하면 좋을 것 같다.

마돈나

나는 단 한 번도 내 숙소를
위대한 화가들의 명화로 꾸미려고 하지 않았다
방문하는 사람들의 말도 안 되는 감탄사와
명화 감정사의 거만한 평가가 듣기 싫어서다

내 소박한 방구석에 걸린 그림 한 폭만을
천천히 글 쓰다가 쉬면서 보려고 했다
순결하신 성모마리아와 구원자가
마치 구름 속 캔버스에서 나오는 듯한 그 그림을

위대한 성모마리아, 현명한 눈을 가진 구원자는
천사들도 없이 시온의 나뭇가지를 머리 위에 얹고
영광의 빛 속에 나는 지켜보고 있었다

마침내 내 소원이 이루어졌다. 창조주께서
너를 나에게 보내주셨구나, 나의 마돈나여
가장 매력적이고 가장 순결한 너를

(1830)

집시들

우거진 숲 위 강가에
고요한 저녁 시간이 되면
천막 안에서 말소리 노랫가락 흘러나오고
모닥불이 피어오른다

행복한 종족들이여, 안녕하시오!
너희들의 모닥불을 알아봤다면
나 역시 만사 제쳐두고
너희 천막을 따라갔을 텐데

내일 아침 첫 햇빛 비치면
너희들의 자유로운 흔적도 사라지고
당신도 떠나가지만
시인은 함께 떠날 수 없음이라

떠돌이 야영 생활과
지난날의 장난 많던 시절도
다 잊게나. 시골 마을에 눌러앉아
가정의 조용함을 바라지 않는가

(1830)

머나먼 조국의 바닷가를 향해

머나먼 조국의 바닷가를 향해
너는 낯선 곳을 떠나가는구나
영원히 잊지 못할 이 슬픈 시간에
나는 네 앞에서 오랫동안 울었다
차가운 내 손은
너를 잡기 위해 애태웠고
무서운 이별의 아픔이나마 계속되기를
아파하며 간절히 빌었다

그러나 너는 쓰라린 입맞춤 속에서
입술을 떼어내고
어두컴컴한 유배지로부터
다른 곳으로 오라며 나를 부르는구나
너는 말했지 : 우리 다시 만나는 날

영원히 푸른 하늘 밑에
올리브나무 그늘 아래서 입맞춤하면
우리 다시 하나가 될 거라고

아아, 그러나 그곳 하늘은
푸르른 빛으로 물들어가건만
올리브나무 그림자가 물에 비치는 그곳에서
너는 영원한 잠에 빠져들었구나
너의 아름다움, 너의 고통
무덤 속으로 사라졌구나
그리고 우리 만남의 입맞춤도……
그래도 나는 기다리리라, 우리 맹세했으니……

(1830)

나 여기 있소, 이네질리아

나 여기 있소, 이네질리아
나 여기 창문 아래에 있소
어둠 속에서 꿈을 꾸며
세빌리아를 안아줄 테요

용감한 마음 다잡아
망토를 뒤집어쓰고
기타와 장검을 거머쥐고
나 여기 창문 아래에 있소

지금 자고 있는 거요? 기타를 켜서
당신을 깨워주리다
잠에서 깬다면
검을 놓아두리다

실로 짠 올가미를
창문으로 가져오시오……
뭘 망설이나요? 이미 이곳에는
호적수란 없다오

나 여기 있소, 이네질리아
나 여기 창문 아래에 있소
어둠 속에서 꿈을 꾸며
세빌리아를 안아줄 테요

(1830)

시인에게

소네트*

시인아! 민중의 사랑에 얽매이지 말아라
열광적인 칭송도 순식간에 지나가는 소음이니
어리석은 자들의 비판과 군중들의 냉정한 비웃음 들려도
굳세게 평안하게 무뚝뚝하게 남거라

너는 왕이다, 고결한 자유를 누리며 혼자 사는
너의 자유로운 지혜가 이끄는 대로 가거라
애정 어린 생각들의 결과를 만들더라도
고결한 창작에 대한 대가를 요구하지 말라

대가는 바로 네 안에 있는 법. 너는 네 자신만의 심판관이니
그 누구보다 더 혹독하게 노력을 평가하는 것도 오직 너 자신뿐

까다로운 예술가여, 네 작품들에 만족하느냐?

만족한다고? 그렇다면 군중이 욕을 퍼부어도 그냥 둬라
너의 불이 타오르는 제단에 침을 뱉어도 그냥 둬라
너의 발 셋 달린 의자를 개구쟁이처럼 흔들어도 그냥 둬라

(1830)

---

* 소네트 : 14행으로 이루어진 짧은 시의 한 형식이다.

메아리

조용한 숲에서 짐승이 울부짖고
뿔피리가 울려 퍼지고 천둥 치는 소리 가득하다
언덕 너머에 처녀가 노래하는데
      이 모든 소리가
갑자기 텅 빈 하늘에서
대답하는 소리로 들리는구나

너는 사나운 우렛소리
폭풍과 파도 소리
시골 목동들이 외치는 소리에
일일이 다 대답하건만
너에게 대답하는 사람은 없고…… 바로 그게
너와 같구나, 시인아!

(1831)

성스러운 묘비* 앞에서

성스러운 묘비 앞에서
숙연히 고개 숙인다
주변은 잠든 듯 촛불만이
어두운 사원을 황금빛으로 밝히고
줄지어 서 있는 깃발과
거대한 대리석 기둥들을 물들인다

그 아래 권력자가 잠들어 있다
북방 군대의 우상
강대한 이 나라의 수호자
이 나라의 모든 적들의 진압자
예카테리나 여제 치하의
마지막 남은 영웅

당신의 무덤에서는 환희가 살아 있구나!
우리에게 러시아의 목소리 전해주고
저 잊지 못할 시절을 상기시켜준다
사람들의 신뢰 가득 찬 목소리는
당신의 성스러운 백발을 향해 구해달라고 외치고
당신은 일어나서 우리를 구해주었다……

오늘 우리의 진심 어린 소리에 귀 기울여라
일어나서 황제와 우리를 구하라
위엄에 찬 노인이여, 순식간에
묘지의 문 앞으로 나타나라
나타나서 당신이 남겨놓은 군대에게
영감과 환희로 격려해다오

나타나서 손을 들어
누가 당신의 후계자인지, 선택받은 자인지를
우리에게 가리켜달라
그러나 사원은 침묵만이 이어지고
용사의 무덤은 다시 깨울 수 없는
영원한 꿈속에 잠들어 있구나……

(1831)

---

* 성스러운 묘비 : 1812년 조국전쟁에서 나폴레옹을 물리친 당시 러시아군
총사령관 쿠투조프 장군의 묘비를 가리킨다.

미인

그녀의 모든 것은 조화와 기적
세상과 정열 모두 다 넘어서서
수줍은 듯 쉬고 있다
자신의 웅장한 아름다움 속에서
눈을 들어 주변을 살펴도
경쟁할 만한 사람도 없고 친구도 없어
창백한 핏기 어린 우리의 미인들은
그녀 앞에서는 이슬처럼 사라지네

당신이 어디로 서둘러 가든지
설령 연인과 만나러 간다 해도
당신의 마음속에는
비밀스러운 꿈 하나 자리 잡고 있으니
그녀를 만나면 부끄러워지는 그대여,

문득 발걸음을 멈추고
성스러운 아름다움 앞에
경건하게 고개를 숙이리

(1832)

제발 나를 미치게 만들지 말아주오

제발 나를 미치게 만들지 말아주오
아니, 지팡이와 자루가 이보다는 더 가벼울 거고
아니, 노동과 허기짐이 더 나을 겁니다
내 이성을 위해서도 아니고
이성과 헤어지는 일이
슬퍼서 그러는 것도 아니오

나를 그냥 자유롭게 놔두었다면
그 얼마나 재미있게
어두운 숲으로 달려갔을까!
불타는 열정으로 노래 부르고
신기한 상상에 도취되어
내 맘대로 다 잊고 빠져 있을 텐데

파도 소리를 듣고
행복함이 충만되어
텅 빈 하늘 가득히 바라보며
나 힘차고 자유로웠겠지
들판을 휘젓고 나무를 부수는
회오리바람처럼

옳거니, 미친다는 건 불행한 거지
전염병처럼 무섭게 될 거야
너를 당장 가두어서
바보처럼 쇠사슬에 묶어놓겠지
그리고 짐승처럼 창살을 통해
너를 놀리러 다가오겠지

그리고 밤이 되면 나는 듣게 되겠지
나이팅게일의 맑은 소리도 아니고
참나무들의 고요한 소리도 아닌
동료 수감자들의 비명 소리
야간 간수들의 욕설 소리
울부짖는 소리, 족쇄가 덜컥거리는 소리

(1833)

지금이오, 친구여, 지금이라오!
마음이 평온을 찾을 때가

지금이오, 내 친구여, 지금이라오! 마음이 '평온'을 찾을 때가
세월은 하루하루 흘러가고 매시간이 사라지고 있는데
일분일초라도 당신과 함께 우리 둘이서
함께 살고 싶지만―언젠가는―우리도 죽을 거요
세상에 행복이란 없지만 평온함과 자유는 있소
오래전부터 이렇게도 부러운 운명을 흠모해왔소
힘겨운 노예는 오래전부터 달려가고 싶었구려
작품과 순결한 생활이 있는 저 먼 사원으로

(1834)

먹구름

폭풍이 사라진 후의 마지막 먹구름아!
너 혼자 감청빛으로 달려가는구나
너 혼자 어두운 그림자 띄우는구나
너 혼자 기쁨에 찬 날에도 슬퍼하는구나

방금 전에 하늘을 뒤덮더니
무서운 번개에 온몸을 맡기고
신비한 천둥소리를 내지르며
목 타는 대지에 비를 뿌려주는구나

이제 됐다, 가거라! 너의 시대는 끝났다
대지는 소생하고 폭풍은 사라졌구나
나뭇잎을 어루만지는 바람이
평화로운 하늘에서 너를 내보내려 하는구나   (1835)

내 마음이 잊었다고 생각했소

내 마음이 잊었다고 생각했소
괴로워하는 작은 재능을
재능이 있긴 있었을까 나에게 말했네
이젠 없어! 이젠 없다고!
환희도 슬픔도 그토록 믿었던 꿈들도
모두 다 사라져버렸네…
하지만 아름다움의 강한 힘 앞에서
내 마음 다시금 요동치고 있구나

(1836)

그 시절 우리에게 젊음의 축제가 있었으니*

그 시절 우리에게 젊음의 축제가 있었으니
장미 화관을 쓰고 웃고 떠들며
노래 사이로 술잔을 부딪치고
옹기종기 모여 앉아 있었네
무사태평 문외한이던 영혼들
우리는 모두 그렇게 가볍고 용감하게 살았네
이성적인 희망과 젊음 그리고 모두를 놀려줄 생각으로
우리는 술잔을 높이 들었네

세월이 흘러서 우리가 그렇듯이
우리의 방탕했던 축제도 달라졌네
온순하고도 침착하고도 조용해져서
축제의 건배 소리도 잠잠해졌네
우리 사이 이야기에도 장난기는 없고

우리 앉은 자리도 우울하고 단조롭구나
노래 중간마다 웃음소리는 띄엄띄엄
한숨과 침묵만 늘어나는구나

모든 일에는 때가 있는 법 : 벌써 스물다섯 번째
매년 우리는 학교 개교식을 축하해왔네
우리도 모르는 사이에 흘러가버린 세월은
우리를 이렇게 바꾸어놓았구나!
아니야! 사반세기가 부질없이 흐른 것만은 아니다!
슬퍼하지 마라. 운명의 법칙은 항상 이러하지 않던가
세상이 사람들의 주위를 항상 돌고 있는데
어찌 사람만 가만히 있을 수 있겠는가?

친구들이여, 기억하자

운명이 우리를 하나로 묶어주던 시절에
우리가 얼마나 많은 것을 함께 해왔는지
비밀스러운 놀이에 놀아나고
당황해서 몸부림치는 민중들
황제들은 차례차례 권좌에 올랐다가 떨어지고
사람들의 피도 때로는 명예롭게 때로는 자유롭게
때로는 자긍심으로 제단을 물들였구나

다들 기억하는가, 학교가 세워지던 때
황제가 우리를 위해 여제의 궁전을 열어주고
우리는 들어가서 쿠니친 씨*를 만났고
황제의 손님 앞에서 인사했지
1812년도의 뇌우는 그때
잠잠했을 걸세. 아직 나폴레옹도

위대한 민중을 경험해보지 못한 그 나폴레옹도
주저하며 위협만 하고 있었지

다들 기억하는가, 부대가 줄지어 떠나고
상급생 형제들과 작별하게 되었는데
죽으러 가는 그들이 부러워서
억울해하며 학문의 그늘로 돌아왔잖는가
우리 옆에서 벌어진 종족 간의 전투
러시아는 오만한 적군을 둘러싸고
모스크바의 화염처럼 물들이려
적군들에게 흰 눈밭을 마련해주었지

다들 기억하는가, 어떻게 우리의 아가멤논*이
포위된 파리로부터 우리에게 돌아왔는지

'그 앞에서'어떤 기쁨의 환호성이 그를 맞이했는지!
그는 얼마나 위대하고 얼마나 위풍당당했던가
백성들의 친구이자 자유의 구원자였으니!
다들 기억하는가—어떻게 활기를 되찾았는지를
황제가 잠시 머물며 쉬던 이곳 정원과 싱싱한 연못이
어떻게 활기를 되찾았는지를

그는 이제 없네. 그러나 그는 러시아를
겁에 질린 세상 위에 반듯이 올려놓았지
그리고 잊힌 추방자 나폴레옹은
사람들과 격리되어 바위 위에서 꺼져갔네
엄하고 강력한 새 황제*
유럽의 국경선에 씩씩하게 서 있네
'땅 위로' 새로운 먹구름이 몰려오는데

그들의 태풍은……

(1836)

---

* 그 시절 우리에게 젊음의 축제가 있었으니 : 1836년에 푸시킨이 자신이 다
니던 귀족학교의 기념일을 위해 쓴 시로 미완성으로 끝났다.
* 쿠니친 씨 : 푸시킨이 다니던 귀족학교의 교사 이름이다.
* 아가멤논 : 고대 그리스 신화에 나오는 미케네의 왕으로, 이 시에서는 러시
아 황제 알렉산드르 1세를 가리킨다.
* 새 황제 : 니콜라이 1세를 가리킨다.

사랑과 자유의 시인,
러시아 사실주의 문학을 열다

만약에 내가 푸시킨이 어렸을 때 다녔던 귀족학교 리체이의 교사였다면, 여러 과목을 가르칠 뿐만 아니라 (물론 시적인 창의성과 감수성은 그에게 배웠어야 했겠지만) 무엇보다 사격술을 배우라고 했을 것이다. 짧지만 불꽃같은 삶을 살았던 러시아 최고의 시인이 결투에서 총상으로 숨을 거두었고, 그로 말미암아 더는 그의 작품을 접할 수 없게 되었다는 사실을 믿고 싶지 않기 때문이다. 푸시킨의 시를 읽고 자유와 사랑, 문학적 열정을 논해본 사람이라면 한 번쯤은 이런 생각을 해봤으리라 생각한다.

사실주의적이고 비판적인 러시아 문학의 황금기를 이끌다

어려서부터 아버지의 서재에 산더미처럼 쌓인 책을 보며 자란 알렉산드르 세르게예비치 푸시킨. 그가 문학, 특히 시에 재능을 보인 것은 어쩌면 당연한 일인지도 모른다. 그렇지만 그의 천재성은 당시 러시아에 만연해 있던 18세기 프랑스풍의 경박함과 피상적인 문체 등을 모방한 고전주의에서 벗어나 사회 비판적이면서도 사실주의적인 러시아 문학의 황금기를 열었다는 데 있다.

당시 시인들은 프랑스 문학 작품을 모방하면서도 러시아인의 생활에 대한 관찰을 토대로 러시아적 기교를 시에 표현하려 했다. 하지만 푸시킨의 등장으로 시는 더욱더 간단하고 명료하게 러시아 국민의 삶 속으로 들어오게 되었다. 어려서부터 문학적 재능이 남달랐던 푸시킨은 리체이 승급 시험장에서 자작시 〈차르스코예 마을에서의 회상〉을 낭송하여 당대 최고의 문인이었던 제르자빈에게 극찬을 받았다. 푸시킨은 시를 통해 러시아 국민의 삶을 조명하려 했고 그럴수록 러시아 전제정치의 그늘이 더욱더 선명하게 눈에 들어왔다. 현실을 외면할 수 없었던 푸시킨은 혁명적이고 풍자적인 시를 썼고, 결국 황제 알렉산드르 1세의 명으로 남러시아로 추방되었다.

그런데 아이러니하게도 카프카스 지역과 몰도바, 크림반도를 거쳐 오데사에 이르는 남러시아 유배 기간은 푸시킨에게 색다른 문학적 영감을 주었다. 드넓은 산맥과 초원 지대, 푸른 바다는 자연의 위대함을 깨우쳤고, 인간 본연의 자유에 대한 간절함을 심어주었다. 시인은 그런 마음을 담아 〈파도야, 누가 너를 멈추게 했느냐〉, 〈바흐치사라이 궁전의 분수대에게〉 등을 썼다.

1825년 12월 14일, 러시아에서는 데카브리스트(12월 당원) 봉기가 일어나고 여기에 참여한 많은 이들이 죽거나 시베리아 유형을 갔다. 하지만 푸시킨은 미하일롭스코예 마을에 머물고 있었고 묶여 있던 처지였기에 데카브리스트 봉기에 참여할 수 없었다. 그는 그에 대한 아쉬움과 봉기 실패 이후 처형당한 수많은 친구들을 향한 회한, 자신의 처지에 대한 비애를 시에 담았다. 삶이 그대를 속여도 슬퍼하거나 노여워하지 말라는 달관자적 입장을 담은 〈삶이 그대를 속일지라도〉와 겨울바람 속에서 술로 세상일을 잊어야 하는 고통을 노래한 〈겨울바람〉에 당시의 심경이 녹아 있다.

1826년 새로운 황제 니콜라이 1세는 슬픔과 분노로 살아가던 천재 시인을 모스크바로 불렀다. 푸시킨은 황제와 만난 자리에서 자신이 데카브리스트 봉기 현장에 있었다면 반드시 참여했을 거라고 당당하게 말하며 신념을 굽히지 않았다. 니콜라이 1세는 자신의 넓은 아량을 자랑하려는 듯 푸시킨을 유배에서 완전 사면하고 자신이 직접 그의 후견인이자 보호자가 되겠다고 약속했다. 그러나 보호의 다른 뜻은 검열이었고 푸시킨의 자유와 창작 활동은 위축될 수밖에 없었다. 시베리아에서 유형 중인 데카브리스트 당원들을 생각하면 여전히 괴로운 터에 시퍼런 황제의 검열 칼날까지 다가온 것이다. 1827년에 쓴 〈깊은 시베리아 광산에서)라는 시에서 푸시킨은 깊은 시베리아 광산에서 고생하는 친구들이 고난을 이겨낸 후 형제들에게 장검을 받게 될 거라고 했다. 형제들이 받을 그 장검이 황제의 혹독한 칼날에 맞설 무기가 될 거라고 희망한 듯하다.

자유와 예술의 시인, 마음의 쉼터를 갈구하다

푸시킨은 데카브리스트 봉기 같은 정치적 자유만큼이나 개인적 자유, 시와 문학예술에 대한 자유를 중요하게 여겼다. 그는 카프카스 지방과 아르메니아의 아르즈룸 등을 여행하면서 현실에 얽매여 있는 자신의 마음을 달래려 노력했다. 나탈리아 곤차로바와 결혼을 발표한 것도 안정된 가정을 꾸려서 마음의 쉼터를 마련하고 싶은 바람이 담겨 있었을 것이다. 그러나 나탈리아는 아름답기는 해도 푸시킨의 시적 천재성과 예술성을 이해하지 못했다. 이런 나탈리아와 푸시킨의 만남이 비극으로 끝맺을 거라는 사실을 푸시킨은 미처 알지 못했다. 나탈리아는 사교계를 드나들며 사치스럽게 지냈고 모든 비용은 푸시킨의 몫이었다. 하지만 그는 아내를 탓하지 않았다.

세상에 행복이란 없지만 평온함과 자유는 있소
오래전부터 이렇게도 부러운 운명을 흠모해왔소
힘겨운 노예는 오래전부터 달려가고 싶었구려

작품과 순결한 생활이 있는 저 먼 사원으로

이 인용문은 푸시킨이 1834년 아내 나탈리아에게 써준 시 〈지금이오, 친구여, 지금이라오! 마음이 평온을 찾을 때가〉의 일부로, 그가 얼마나 고결한 사랑과 개인의 순결한 자유를 갈 망했는지 알 수 있다. 그리고 그토록 그리워하던 리체이 시절 의 화려했던 순간을 기억하며 쓴 1836년의 마지막 미완성 시 인 〈그 시절 우리에게 젊음의 축제가 있었으니〉를 통해 푸시킨 이 얻고자 했던 마음의 쉼터가 어디인지 추측할 수 있다.

허무하고 애달픈 시인의 죽음

아내 나탈리아와 염문설을 뿌리던 단테스와 결투를 하기로 한 날, 푸시킨은 평소와 다름없이 잡지 《동시대인》의 편집에 몰 두했다. 이런 내용은 그의 생애 마지막 편지에서도 확인할 수 있다. 1837년 1월 27일 알렉산드르 오시포브나 아시모브나에 게 보낸 편지에서 그는 "오늘 당신의 초대에 응할 수가 없겠습 니다. 대신 배리 콘월의 책 마지막 부분 희곡을 당신의 위대한 연필로 최고의 번역을 해주시길 부탁드립니다"라고 적었기 때 문이다.

자신의 죽음을 전혀 예상하지 않았던 푸시킨. 그는 짧은 생애 동안 수많은 시와 서사시, 단편소설을 발표하며 19세기 러시아 문학의 황금기를 열었고, 그러기에 그의 죽음은 더욱 애달프고 안타깝다. 푸시킨의 작품은 레르몬토프, 고골, 투르게네프, 도스토옙스키, 톨스토이 같은 러시아 거장 문학가들의 탄생에 큰 영향을 주었다. 문학사적으로는 낭만주의로 불리지만 푸시킨이 활동하던 시기를 단 하나의 문학사조로 설명하기는 어렵다. 그만큼 푸시킨의 작품은 고전적인 엄격함과 낭만적인 열정, 사랑, 사실적인 현실감이 한데 어우러져서 하나의 세계를 이루고 있기 때문이다. 그리고 그 세계를 만들고 있는 중심축은 사랑을 노래하고 자유를 갈구한 시인 알렉산드르 세르게예비치 푸시킨의 진심 어린 마음이다.

결투로 허무하게 생을 마감했지만 아내에 대한 사랑과 명예를 지키고자 했던 푸시킨의 결정은 사랑과 자유를 갈구한 시인으로서 필연적 선택이자 결말이었는지도 모른다. 다만 38세라는 이른 나이에 일찍 죽음을 맞이했던 푸시킨의 천재적 재능이 아까울 뿐이다.

오정석

1799년   모스크바에서 몰락한 귀족 가문의 장남으로 태어났다. 아
          버지는 하급 소령이었지만 어머니는 표트르 대제의 총애
          를 받았던 에티오피아 출신 한니발 장군의 후손이었다.

1811년   페테르스부르크(현재 상트페테르부르크) 근처의 차르스
          코예 마을에 있는 귀족학교 리체이에 입학했다.

1815년   당대 최고의 문인 제르자빈이 참석한 리체이 승급 시험
          장소에서 자작시 〈차르스코예 마을에서의 회상〉을 낭독하
          고 극찬을 받았다.

1817년   리체이를 졸업하고 외무부에서 일하기 시작했다. 가을에
          문학단체인 '아르자마스'에 가입했고, 문학과 정치에 대해

토론하는 데카브리스트의 한 그룹인 '녹색 등불'에도 가입했다.

1820년 〈자유에 바치는 노래〉와 다른 풍자시들 때문에 남러시아 예카테리노슬라브(현재 우크라이나 드네프로페트롭스크)로 추방당했다. 감독관이었던 인조프 장군이 근무지를 옮기자 그를 따라 키시네프(현재 몰도바 수도)로 거처를 옮겼다. 같은 해 6월에 첫 서사시인 〈루슬란과 루드밀라〉를 발표했다.

1822년 낭만주의 색채가 짙은 〈카프카스의 포로〉를 발표했다.

1823년 〈바흐치사라이의 샘〉을 발표했다. 같은 해에 키시네프에서 〈예브게니 오네긴〉 집필을 시작했다.

1824년 새로운 유형지인 미하일롭스코예 마을로 옮겨갔다. 같은 해에 〈집시들〉을 완성했다.

1826년 니콜라이 1세가 푸시킨을 모스크바로 불러들였다. 니콜라이 1세가 1825년의 데카브리스트 봉기 때 페테르스부르크에 있었다면 무엇을 했을 거냐고 묻자, '데카브리스트

편에 섰을 것'이라고 답했다. 이후 황제의 감시 아래서 자유롭지 못한 생활을 했다.

1827년 〈깊은 시베리아 광산에서〉, 〈아리온〉, 〈시인〉 등 다수의 시를 발표했다.

1828년 모스크바의 한 무도회장에서 나탈리아 곤차로바와 처음 만났고, 이후 청혼했지만 그녀의 어머니에게 거절당했다.

1830년 나탈리아 곤차로바에게 두 번째로 청혼하고 긍정적인 대답을 얻었다. 같은 해에 〈예브게니 오네긴〉 집필을 완료했다.

1831년 나탈리아 곤차로바와 결혼했다.

1832년 희곡 〈루살카〉를 집필했다.

1833년 파볼지예 지방과 18세기 농민 반란이 있었던 남부 우랄 지역을 방문했다. 같은 해 12월에 니콜라이 1세가 궁정의 기념일을 관리하는 궁정관직 시종보에 임명했다.

1834년 《푸가초프 반란사》를 출판했다.

1836년 《대위의 딸》을 출판했고, 니콜라이 고골과 만났다. 11월에 '아내에게 배신당한 남편'이라는 조롱 섞인 익명의 편지를 받았다. 익명의 편지와 관련 있다고 판단한 단테스에게 결투 소환장을 보냈지만, 단테스가 아내의 언니인 예카테리나 곤차로바와 약혼 발표를 하자 결투 신청을 취소했다.

1837년 단테스와 예카테리나 곤차로바가 결혼하지만 푸시킨은 결혼식에 참석하지 않았다. 단테스가 푸시킨의 아내인 나탈리아 곤차로바에게 계속 구애를 했다. 푸시킨은 1월 27일 페테르스부르크 교외 검은 강가에서 단테스와 결투를 벌인 뒤 결투에서 치명상을 입었고, 이후 1월 29일 페테르스부르크 모이카 강변 12번지에서 사망했다.

옮긴이 **오정석**

광주에서 태어나 조선대학교 러시아어학과를 마치고 동대학원에서 논문 《고골
단편에 나오는 성적의미(性的意味) 연구》로 석사학위를 받았다. 논문에서 푸시킨
과 동시대인이었던 러시아 작가 고골의 페테르스부르크 이야기와 작품 속 여성
등장인물들의 형상을 텍스트 위주로 분석했다. 이어 우크라이나 세브첸코 키예
프 국립대학 대학원에서 19세기 러시아 문학사 및 고골에 관한 연구과정을 수료
했다. 주요 저서 및 번역서로는 《러시아어 회화급소 80》(공저), 《고골리 단편선》,
《외투 · 코》 등이 있다. 현재 러시아 및 CIS 지역과의 비즈니스 업무 및 러시아 문
학 작품 번역을 이어가고 있다.

삶이 그대를 속일지라도

초판 1쇄 펴낸 날 2018년 9월 20일

지 은 이 알렉산드르 세르게예비치 푸시킨
옮 긴 이 오정석
펴 낸 이 장영재
펴 낸 곳 (주)미르북컴퍼니
자 회 사 더클래식
전   화 02)3141-4421
팩   스 02)3141-4428
등   록 2012년 3월 16일 (제313-2012-81호)
주   소 서울시 마포구 성미산로32길 12, 2층 (우 03983)
E-mail sanhonjinju@naver.com
카   페 cafe.naver.com/mirbookcompany